22 Janvier 1912

AF335832

Liquidation de la Société ARNOUX Frères

POUR CAUSE DE FIN D'ASSOCIATION

ET EN VERTU D'UN JUGEMENT DU TRIBUNAL DE COMMERCE DE LA SEINE

EN DATE DU 30 OCTOBRE 1911, ENREGISTRÉ

2ᵉ VENTE

Bons Meubles et Sièges

MODERNES ET DE STYLES

BRONZES D'ART ET D'AMEUBLEMENT

FAÏENCES ET PORCELAINES

OBJETS VARIÉS

AMEUBLEMENTS DE SALON

TENTURES

CATALOGUE

DES

MEUBLES ET SIÈGES

MODERNES

De Styles Renaissance, Régence, Louis XIV, Louis XV et Louis XVI

COMMODES, BUFFETS, ARMOIRES, TABLES

FAIENCES — PORCELAINES

SCULPTURES

Bronzes d'Art et d'Ameublement

PENDULES, GARNITURES DE CHEMINÉES, CANDÉLABRES
APPAREILS D'ÉCLAIRAGE, LUSTRES, LAMPES, ETC.

AMEUBLEMENTS DE SALON

TAPISSERIE D'AUBUSSON

TENTURES — TAPIS

OBJETS VARIÉS

DONT LA VENTE

PAR SUITE DE LA LIQUIDATION DE LA SOCIÉTÉ **ARNOUX Frères**,
POUR CAUSE DE FIN D'ASSOCIATION,
ET EN VERTU D'UN JUGEMENT DU TRIBUNAL DE COMMERCE DE LA SEINE,
EN DATE DU 30 OCTOBRE 1911, ENREGISTRÉ

AURA LIEU

HOTEL DROUOT, SALLE N° 1

LE LUNDI 22 JANVIER 1912

à deux heures

COMMISSAIRE-PRISEUR	EXPERTS
Me F. LAIR-DUBREUIL	MM. PAULME & B. LASQUIN Fils
6, rue Favart	10, r. Chauchat | 11, r. Grange-Batelière

PARIS

Chez lesquels se distribue le présent Catalogue.

EXPOSITION PUBLIQUE

Le Dimanche 21 Janvier 1912, salle n° 1, de 1 h. 1/2 à 6 h.

0 05412

CONDITIONS DE LA VENTE

Elle sera faite au comptant.

Les adjudicataires paieront *dix pour cent* en sus des enchères.

L'exposition mettant le public à même de se rendre compte de l'état et de la nature des objets, aucune réclamation ne sera admise une fois l'adjudication prononcée.

Paris. — Imp. de l'Art, Ch. Berger, 41, rue de la Victoire

DÉSIGNATION

FAÏENCES, PORCELAINES
VASES MONTÉS EN LAMPE

1 — Assiette en porcelaine de Locré, décor épis, en bleu.

2 — Lampe en céladon ; monture en bronze.

3 — Paire de lampes en faïence de Satzuma, décor médaillon, paysages ; monture en bronze.

4 — Lampe formée d'un vase en céladon flambé ; monture en bronze.

5 — Paire de lampes en porcelaine bleue turquoise ; monture en bronze doré.

6 — Vase à piédouche et anses têtes de faunes en porcelaine bleue et or.

7 — Grand vase en faïence à piédouche, bleu uni, anses à sphinx, coquilles et mufles de lion.

8 — Vase à deux anses en porcelaine fond bleu, décorée de médaillons, gerbes de fleurs en couleurs.

9 — Grand vase en porcelaine, décorée de deux médaillons en couleurs, à sujets de personnages dans des paysages.

10 — Brûle-parfums en porcelaine, bleu uni de Chine; monture en bronze ciselé et doré, à rocailles et feuillages. Style Louis XV.

OBJETS VARIÉS

SCULPTURES

COLONNES EN GRANIT, MATIÈRES DURES GLACES, ÉMAUX CLOISONNÉS

11 — Buste de Minerve en marbre blanc et marbre de couleur; sur piédouche.

12 — Buste de femme en terre cuite, de Ch. Lebourg, piédouche en marbre griotte à tore de laurier en bronze.

13 — Paire de colonnes en granit rose, chapiteaux et bases en bronze ciselé et doré.

14 — Paire de colonnes-supports en marbre noir veiné de blanc.

15 — Colonne en marbre blanc et marbre de couleur; chapiteaux et base en bronze.

16 — Autre colonne, analogue à la précédente.

17 — Petit vase en onyx et monture en bronze et émail cloisonné. *Maison Barbedienne.*

18 — Paire de petits vases, forme ovoïde, en marbre griotte ; monture en bronze.

19 — Groupe en marbre blanc : *Les Trois Grâces.*

20 — Paire de grands vases en émail cloisonné à fond noir, décor oiseaux, fleurs et branches de cerisier fleuri. Au col, zone aventurinée et dragon. Base en bronze doré.

21 — Paire de grands vases, forme bouteille, en émail cloisonné de Chine, fond bleu turquoise, décor de grosses fleurs, branchages et oiseaux ; montures en bronze. Pieds-supports en bronze, à têtes d'éléphants, de style chinois.

22 — Paire de vases cache-pots en cuivre repoussé.

23 — Petit cartel en bois sculpté doré. Style Louis XVI.

24 — Balustrade en bois sculpté doré, à colonnettes-balustres à cannelures obliques et feuillagées. Style Louis XIV.

25 — Grande glace-trumeau, fronton à cartouche timbré d'une couronne, en bois sculpté peint blanc et doré ; la partie centrale formant médaillon.

26 — Coffret rectangulaire en bois de placage.

27 — Quatre morceaux de moulures dorées.

28 — Trois baguettes en bois sculpté, décor à feuillages.

29 — Couteau de chasse.

30 — Couverture de livre en bois finement sculpté et incrustations de burgau. Travail oriental.

31 — Deux coupes sur pied en émail.

32 — Deux éventails, montures en bois noir et nacre, feuilles dentelle noire et peintes à la gouache.

33 — Trente-quatre pions de tric-trac en ivoire vert et blanc.

34 — Socle triangulaire en bois sculpté doré. Style Louis XVI.

35 — Coupe-porte-bouquet en cristal; monture en bronze.

36 — Médaillon en galvano : Portrait de Gamot, graveur du roi. Cadre en bronze mouluré.

37 — Tablette de table en marbre.

38 — Socle carré en marbre brèche.

39 — Trois panneaux de meuble en bois noir, enca-
drant des bas-reliefs en bronze, à arabesques
et médaillon. Style Renaissance. *Maison Lièvre*.

40 — Garniture de toilette en cristal rouge, comprenant : cuvette, flacons, boîtes, etc.

41 — Boîte à jetons en bois, avec petites boîtes à
l'intérieur.

42 — Seau à anse en cuivre.

43 — Trois socles et un couvercle en bois sculpté.
Travail chinois.

44 — Trois fragments de bois sculpté. Gothique.

45 — Revolver, de ROBLIN.

46 — Deux portefeuilles, un étui à cigares en
maroquin.

BRONZES D'ART

ET D'AMEUBLEMENT

BUSTES — STATUETTES — VASES

GARNITURES DE CHEMINÉE

PENDULES — LUSTRES, etc...

47 — Statuette de femme assise en bronze patiné, figurant l'Enluminure, de *A. Peiffer*.

48 — Statuette en bronze patiné frotté d'or, figurant la Fortune, en bronze de *Barbedienne*.

Haut., 86 cent.

49 — Kabyles : homme et femme ; bustes en bronze patiné, de *Cordier ;* sur socle en marbre portor.

50 — Buste de *Dona Sol*, en bronze de *Dulac*.

51 — Deux statuettes en bronze patiné : Nègre et Négresse debout, portant une corbeille, par CUMBERWORTH. *Édition Susse*.

52 — Deux statuettes d'enfants en bronze patiné.

53 — Chienne basset, allaitant ses petits, en bronze patiné.

54 — Paire de vases en bronze patiné frotté d'or, la panse garnie de câbles et portant un bouquet de huit lumières. Style chinois.

55 — Paire de lampadaires en bronze patiné frotté d'or, formés chacun d'une statuette de femme orientale, portant un bouquet de fleurs porte-lumières. *Édition Barbedienne.*

56 — Brûle-parfums en bronze chinois.

57 — Importante garniture de cheminée, comprenant une pendule et deux candélabres, garnie de cristaux, en bronze patiné et doré, à décor de volutes, bustes de femmes se terminant en feuillages. Style Louis XIV.

58 — Pendule et son support cul-de-lampe en bois noir, à filets de cuivre, ornés de bronzes ciselés dorés. Style Louis XIV.

59 — Pendule, de forme mouvementée, en bronze ciselé et doré, à décor de rocailles, feuillages et couronnement à figurine de Chinois. Style Louis XV.

60 — Garniture de cheminée, comprenant une coupe et deux lampes en marbre rosé, richement orné de bronzes ciselés et dorés, à motifs de rocailles, mufle de lion et amours en ronde bosse formant anses. Style Louis XV.

61 — Pendule en bronze ciselé et doré; le mouvement surmonté de deux figurines : Apollon et Diane. Socle, forme fût cannelé, en marbre blanc. Style Louis XVI. *Maison Champion, à Paris.*

62 — Pendule-cage en bronze ciselé et doré, décor de gerbes de fleurs, chutes de feuillages, frise de rinceaux et surmontée d'un vase. Le cadran marqué : *Berthoud, à Paris.* Style Louis XVI.

63 — Paire de candélabres en bronze ciselé et doré, à base triangulaire, modèle à vases et draperie. Style Louis XVI.

64 — Garniture de cheminée en bronze ciselé et doré, comprenant une pendule et deux candélabres à six lumières, de style Louis XVI.

65 — Paire d'appliques à deux lumières en bronze ciselé et doré. Style Louis XV.

66 — Paire d'appliques à quatre lumières en bronze ciselé et doré, à décor de têtes d'enfants, feuillages et rocailles. Style Louis XV.

67 — Paire de torchères en bronze ciselé, de style antique. *Maison Barbedienne.*

68 — Paire de candélabres en bronze patiné, forme vase, sur base en marbre. Bouquet en bronze doré, à six lumières électriques.

69 — Lampe sur flambeau à tige, cariatide de femme en bronze.

70 — Deux candélabres à quatre lumières en bronze ciselé, à trois cariatides d'hommes, le corps se terminant en volute. Style Louis XIV.

71 — Deux paires d'appliques en bronze, garnies de cristaux.

72 — Lustre à trente lumières en bronze doré, branches à rinceaux, couronne lobée et vase central. Style Louis XVI. *Maison Barbedienne.*

73 — Grande lanterne d'antichambre en fer forgé, surmontée d'une couronne.

74 — Lanterne-veilleuse en verre rouge ; monture en bronze doré.

75 — Jardinière de suspension en cuivre.

76 — Petite jardinière de suspension en bronze patiné. Style antique.

77 — Lustre en cuivre, à huit lumières électriques. Style hollandais.

78 — Petite suspension-jardinière en bronze et porcelaine du Japon.

79 — Petite lanterne d'antichambre en fer forgé, vitraux jaunes et bleus.

80 — Petit lustre en bronze ciselé, doré et métal
bleui, à cariatides de femmes et branches à rinceaux. Style Louis XVI.

81 — Lustre, de style hollandais, en cuivre argenté.

82 — Paire de landiers avec pelle et pincettes en
fer forgé.

83 — Plateau de porte-pelle en bronze.

84 — Quinze pièces : modèles de bronzes pour bureau.

85 — Trois pièces, bronzes : une chute, un sabot,
un fragment de ceinture.

86 — Chute à mascaron, un sabot, une entrée de
serrure en bronze.

87 — Trois terrasses en bronze ciselé et doré. Style
Louis XV.

88 — Cercle de monture en bronze, décor de pam-
pres.

89 — Petit flambeau-trépied trompe d'éléphant en
cuivre.

90 — Petit bougeoir, forme antique, en cuivre.

91 — Petit bougeoir, forme lampe antique, en
bronze.

92 — Bougeoir, forme feuille, en métal argenté,

MEUBLES

93 — Grande armoire, de forme architecturale, ouvrant à une porte à glace, avec étagère à colonnettes sur les côtés, supportant des vases ; en noyer sculpté, orné de deux médaillons en bronze, à buste d'homme. Style Renaissance. D'*Edouard Lièvre*.

94 — Crédence à deux corps en bois sculpté à motifs de bas-reliefs, à sujets mythologiques et colonnettes. Elle ouvre à portes et tiroirs. Style Renaissance.

95 — Petit cabinet, en forme d'édifice, à fronton en bois sculpté, décor sur la porte d'une figure d'Apollon, et orné de plaques de marbre. Style Renaissance.

96 — Meuble à deux corps en bois sculpté, et plaques de marbre. Style Renaissance. L'intérieur gainé de soie cerise.

97 — Commode à deux tiroirs, de forme mouvementée, en bois de placage, richement ornée de bronzes ciselés dorés. Dessus de marbre brèche d'Alep. Style Régence.

98 — Meuble d'entre-d'eux à hauteur d'appui, à trois portes, en marqueterie et richement orné de bronzes, dans le style de Boulle. *Maison Dasson*.

99 — Console en bois sculpté doré, à rinceaux, mascarons, pieds-gaines, à entrejambes. Fond de glace. Dessus de marbre blanc. Style Louis XIV.

100 — Torchère en bois sculpté doré. Style Louis XIV.

101 — Petit modèle de commode, à trois tiroirs, en bois de placage. Dessus de marbre. Style Louis XIV.

102 — Petite console d'applique, à un pied, en bois sculpté doré, décor de rosaces, arabesques et feuillages. Style Régence.

103 — Console en bois sculpté peint blanc, motifs de palmettes et rinceaux. Dessus de marbre brèche violette. Style Louis XV.

104 — Petite console en bois sculpté doré, décor de rocailles, fleurs et feuillages. Dessus de marbre griotte. Style Louis XV.

105 — Petite table rectangulaire en bois sculpté doré, à dessus de marbre. Style Louis XV.

106 — Deux tables de nuit, de forme mouvementée, décorées au vernis Martin de motifs, en bois sculpté doré simulant le bronze. Dessus de marbre. Style Louis XV.

107 — Petite vitrine à fronton contourné en bois mouluré et sculpté, ouvrant à deux portes. Style Louis XV.

108 — Psyché en amarante sculpté. Style Louis XV.

109 — Glace d'applique de parquet à trois vantaux à glaces. Branche en bronze à trois lumières. Style Louis XV.

110 — Important meuble d'entre-deux, à côtés cintrés, ouvrant à une porte centrale dissimulant des tiroirs intérieurs et deux portes latérales. Riche ornementation de bronzes ciselés et dorés, guirlandes, médaillons, chutes, encadrements. Dessus de marbre blanc. Style Louis XVI.

111 — Petit meuble à étagère en bois noir, incrustations et moulures de cuivre. Dessus de marbre bleu turquin. Style Louis XVI.

112 — Petite console rectangulaire en bois sculpté et doré, à quatre pieds fuselés et cannelés ; ceinture à entrelacs. Dessus de marbre de couleur. Style Louis XVI.

113 — Console d'angle à pieds volutes en bois sculpté doré, décor de piastres, entrelacs, rosaces, etc. Dessus de marbre. Style Louis XVI.

114 — Petite armoire en palissandre, ouvrant à une porte et un tiroir. *Maison Grohé*.

115 — Petit chiffonnier étroit, à onze tiroirs, en bois noir.

116 — Petite jardinière, de forme carrée, sur quatre
pieds élevés, en marqueterie de bois de couleur.

117 — Petite table à étagère en palissandre ciré.
Dessus de marbre.

118 — Grande vitrine en noyer sculpté, ouvrant à
une porte, petite ornementation de bronze.
Maison Lièvre.

119 — Meuble à deux corps en poirier naturel,
sculpté et ciré. La partie inférieure ouvrant à
deux portes et tiroir ; et la partie supérieure
formant vitrine. Appliques, frise de rinceaux en
bronze. *Maison Lièvre.*

120 — Meuble en chêne clair, à étagères et tiroirs,
formant bureau. *Maison Kriéger.*

121 — Etagère-applique en chêne clair sculpté, à
coins arrondis, à console, décor d'arabesques,
coquilles, pilastres, tablettes de marbre. *Maison
Kriéger.*

122 — Meuble-étagère en bois sculpté incrusté de
nacre. Travail chinois.

123 — Meuble à étagère, ouvrant à une porte, formant vitrine, en bois noir sculpté, ajouré. Travail chinois.

124 — Fausse-cheminée en velours rouge orné
d'applications brodées de métal, à décor d'arabesques feuillagées.

125 — Grand paravent à cinq feuilles en bois sculpté doré, décor de rocailles, feuillages. La partie supérieure est munie de petits carreaux. Style Louis XV.

126 — Paravent à quatre feuilles en bois sculpté peint, garni de soie rouge. Style Louis XVI.

127 — Ecran en broderie : vase de fleurs.

128 — Paravent à quatre feuilles en satin jaune, orné d'applications en broderie.

129 — Grand lit de milieu en bois sculpté, peint blanc.

130 — Coffre-fort de *Fichet,* simulant un chiffonnier, en palissandre. Dessus de marbre de couleur.

131 — Coffre-fort de *Fichet,* simulant un chiffonnier, en palissandre et thuya. Dessus de marbre blanc.

SIÈGES

AMEUBLEMENTS DE SALON

132 — Chaise longue à oreilles en bois sculpté doré, garnie d'étoffe brochée à gerbe de fleurs et nœuds de ruban. Style Louis XIV.

133 — Meuble de salon en bois sculpté doré, garni de soierie brochée à vases et corbeilles fleuries, figures d'enfants et rinceaux. Il comprend un canapé, quatre fauteuils, quatre chaises. Style Louis XIV.

134 — Deux petites banquettes en bois sculpté peint blanc, style Louis XIV, garnies de tapisserie d'Aubusson à fleurs.

135 — Ameublement de salon en bois sculpté doré, à décor de coquilles rocailles, fleurs, de style Régence. Il se compose d'un grand canapé, un plus petit, un fauteuil et quatre chaises, garnis de satin rouge broché à gerbes de fleurs.

136 — Canapé, forme corbeille, en bois sculpté doré, garni de tapisserie d'Aubusson : sujets à animaux. Style Louis XVI.

137 — Deux tabourets de pieds rectangulaires en bois sculpté. Style Louis XVI.

138 — Deux tabourets de pieds ronds en bois sculpté doré, garnis de satin lamé de métal. Style Louis XVI.

139 — Petit fauteuil bout de pied en bois sculpté doré, style Louis XVI, garni d'étoffe brochée.

140 — Autre petit fauteuil bout de pied, analogue au précédent. Style Louis XVI.

141 — Deux chaises à dossier rectangulaire en bois sculpté, canné et doré. Style Louis XVI.

142 — Deux tabourets X en bois sculpté, garnis de tapisserie à fleurs.

143 — Tabouret de piano en bois peint blanc.

144 — Chaise-chauffeuse en étoffe brochée.

145 — Chaise en noyer, dossier cintré, à colonnettes-balustres ; siège recouvert en cuir de Cordoue.

146 — Chaise en chêne mouluré et sculpté, recouverte en maroquin.

147 — Chaise en noyer sculpté ciré, recouverte en velours ciselé vert.

TENTURES, TAPIS

148 — Deux cantonnières en tapisserie d'Aubusson, à dessin en camaïeu, fond crème, contrefond brun.

149 — Deux paires de rideaux et une cantonnière en tapisserie d'Aubusson, à fleurs, et petits personnages.

150 — Panneau en tapisserie d'Aubusson, à rinceaux sur fond clair; bordures à feuillages.

151 — Décor de baie en tapisserie d'Aubusson, décor de rinceaux, paniers fleuris, attributs sur fond clair. Style Louis XVI.

152 — Bandeau en tapisserie d'Aubusson, moderne, à feuillages.

153 — Paire de rideaux en soie crème brodée au point de chaînette. Style Louis XVI.

154 — Décor de lit, couvre-lit, deux fenêtres et une fausse-cheminée en peluche bleue et soie brochée. Style japonais.

155 — Paire de rideaux en satin crème, avec bordures en velours de Gênes.

156 — Trois paires de rideaux en soie vieux rose à rayures.

157 — Panneau en soie bleue brodée en soie et
métal doré : grands oiseaux et volatiles dans
un paysage. Travail chinois.

158 — Panneau en soie rose brodée d'arabesques,
et fleurs en couleurs. Travail chinois.

159 — Draperie de piano droit en étoffe brochée à
bouquets de fleurs.

160 — Draperie de lit en soie rose.

161 — Grand décor de baie en velours jaune, avec
applications.

162 — Deux paires de rideaux en soie rose brochée
à fleurs.

163 — Bandeau en étoffe damassée et brodée, à
guirlandes de fleurs, fond crème.

164 — Garniture de baie en panne verte, avec
applications.

165 — Deux rideaux et une draperie en soie fond
rose brochée à paniers fleuris et peluche
verte.

166 — Cinq rideaux en brocatelle, bleue, à arabesques.

167 — Grand bandeau en satin brodé à fleurs en
soie et métal, contre-fond de velours.

168 — Deux bandeaux en tapisserie au point, décor à fleurs.

169 — Quatre rideaux de vitrage et deux stores en tulle noir, avec applications.

170 — Deux rideaux peluche verte.

171 — Deux petits panneaux en satin rouge brodé. Travail chinois.

172 — Grand tapis de Smyrne à dessins multicolores.

173 — Grande carpette de Smyrne, dessins multicolores.

174 — Objets omis.

RED. :

20

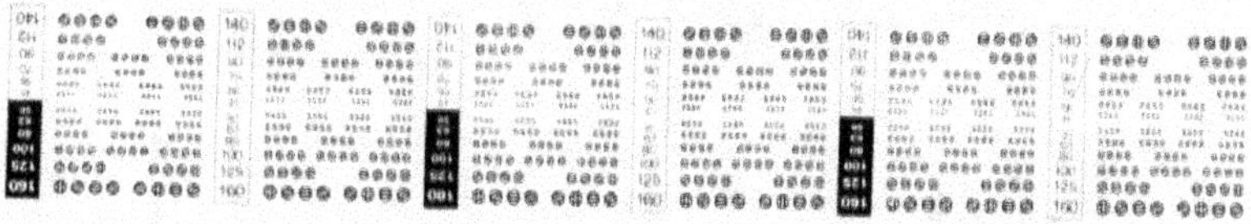

graphicom

MIRE ISO N° 1
NF Z 43-067
AFNOR
Cedex 7 - 92080 PARIS-LA-DÉFENSE

0 1 2 3 4 5 6 7 8 9 10

BIBLIOTHEQUE
NATIONALE
DE FRANCE

****

CHATEAU
DE
SABLE
1996

www.ingramcontent.com/pod-product-compliance
Lightning Source LLC
LaVergne TN
LVHW021805060726
842528LV00003B/1154